Sauvés par les dauphins

L'auteur : Mary Pope Osborne a écrit plus de quarante livres pour la jeunesse, récompensés par de nombreux prix. Elle vit à New York avec son mari, Will, et Bailey, un petit terrier à poil long. Tous trois aiment retrouver le calme de la nature, dans leur chalet en Pennsylvanie.

L'illustrateur : Philippe Masson, né à Rennes en 1965, est issu d'une famille de marins bretons. Actuellement, il vit à Tours avec son amie et ses deux enfants, Lucas et Mona. Il réalise également les dessins de la série Le château magique aux Éditions Bayard.

À Mattie Stepanek

Titre original : *Dolphins at Daybreak*
© Texte, 1997, Mary Pope Osborne.
Publié avec l'autorisation de Random House Children's Books,
un département de Random House, Inc., New York, New York, USA.
Tous droits réservés.
Reproduction même partielle interdite.
© 2009, Bayard Éditions
© 2005, Bayard Éditions Jeunesse
© 2004, Bayard Éditions Jeunesse pour la traduction française
et les illustrations.

Conception et réalisation de la maquette : Isabelle Southgate.
Colorisation de la couverture ; illustrations de l'arbre, de la cabane
et de l'échelle : Paul Siraudeau.

Loi n° 49 956 du 16 juillet 1949
sur les publications destinées à la jeunesse.
Dépôt légal: août 2005 – ISBN : 978 2 7470 1845 6
Imprimé en Allemagne par CPI – Clausen & Bosse

La Cabane Magique

Sauvés par les dauphins

Mary Pope Osborne

Traduit et adapté de l'américain
par Marie-Hélène Delval

Illustré par Philippe Masson

ONZIÈME ÉDITION

bayard jeunesse

Léa

Prénom : Léa

Âge : sept ans

Domicile : près du bois de Belleville

Caractère : espiègle et curieuse

Signes particuliers : ne manque jamais une occasion d'entraîner son frère, Tom, dans des aventures mouvementées, sans se soucier du danger.

Tom

Prénom : Tom

Âge : neuf ans

Domicile : près du bois de Belleville

Caractère : studieux et sérieux

Signes particuliers : aime beaucoup
les livres, qui l'aident à se sortir
de situations périlleuses.

Les onze premiers voyages de Tom et Léa

Tom et Léa ont découvert dans le bois de Belleville, perchée en haut d'un chêne, une cabane pleine de livres. C'est une

cabane magique !

Elle appartient à la fée Morgane, une magicienne et une célèbre bibliothécaire qui voyage à travers le temps et l'espace pour rassembler des livres.

Nos deux jeunes héros ont déjà vécu des **aventures extraordinaires !** Il leur suffit d'ouvrir un livre, de poser le doigt sur une image en souhaitant se trouver à l'endroit représenté, et ils y sont aussitôt transportés !

Au cours de leurs quatre dernières aventures, Tom et Léa ont dû sauver quatre livres pour la bibliothèque de la fée Morgane avant qu'ils ne soient détruits.

Les enfants ont fui les rues de Pompéi.

Ils ont failli être arrêtés par le Roi-Dragon !

Ils se sont retrouvés seuls sur un drakkar en pleine tempête.

Souviens-toi...

Ils ont assisté aux Jeux olympiques.

Nouvelle mission :

résoudre quatre énigmes

et récupérer leurs cartes de Maîtres Bibliothécaires

Merlin a confisqué les cartes MB de nos deux héros, car il les trouve trop jeunes et pas assez malins. Tom et Léa vont devoir lui prouver le contraire !

Trouveront-ils la solution de chaque énigme ? Éviteront-ils tous les dangers ?

 Lis vite les quatre nouveaux
« Cabane Magique » !

★ N° 12 ★
Sauvés par les dauphins

★ N° 13 ★
Les chevaux de la ville fantôme

★ N° 14 ★
Dans la gueule des lions

★ N° 15 ★
Danger sur la banquise

Prêt à suivre Tom et Léa
dans leurs dangereuses aventures ?

Bon voyage !

Un mauvais tour de Merlin

Il fait à peine jour. Tom est réveillé soudain par un drôle de cri, dehors :

– Magiiiique ! Magiiiique !

Il se dresse sur son lit. A-t-il bien entendu ?
Le cri s'élève de nouveau :

– Magiiiique ! Magiiiique !

Cette fois, il n'a pas rêvé ! C'est un message de Morgane ! Ça signifie que la cabane magique est de retour !

Tom saute du lit et court à la fenêtre. Dans la pâle lumière de l'aube, il voit un grand oiseau blanc qui tournoie au-dessus de la maison. C'est une mouette. Une mouette qui pousse son cri de mouette, tout simplement. Il n'y a rien de magique là-dedans. Tom est très déçu. Puis il réfléchit :

– Une mouette ? Qu'est-ce qu'elle fait ici, si loin de la mer ?

Au même instant, Léa entre dans la chambre. Elle est déjà tout habillée. Elle chuchote :

– Tom, tu as entendu la mouette ? C'est Morgane qui l'envoie, j'en suis sûre ! Elle nous attend à la cabane. Partons vite !

– Tu as raison ! s'écrie son frère.

Il se dépêche d'enfiler un jean et un T-shirt et de chausser ses baskets.

Il jette un coup d'œil dans son sac pour vérifier si son carnet, son stylo et sa carte de Maître Bibliothécaire y sont bien.

Et, soudain, son cœur rate un battement : sa carte ! Où est-elle ? La carte où brillent les deux grandes lettres d'or, MB, elle n'est plus là !

Tom retourne le sac, il le secoue. Rien.

Aurait-il mis la carte dans la poche de son jean ? Non.

À ce moment, Léa passe la tête par l'entrebâillement de la porte :

– Tu viens ? Qu'est-ce que tu fabriques ?

Tom la regarde et bégaie :

– Je ne trouve plus ma carte !

Sa sœur hausse les épaules :

– Tu l'as sans doute rangée dans le tiroir de ton bureau !

Tom court ouvrir le tiroir. Rien.

– Moi, dit Léa, je laisse toujours la mienne dans ma poche.

Elle tâte sa poche. Bizarre, on dirait que…

– Tom ! s'écrie la petite fille, toute pâle. Je n'ai pas la mienne non plus !

Tom remet vite dans le sac son carnet et son stylo, jette le sac sur son dos et décide :

– Vite, Léa ! On court à la cabane ! Il est arrivé quelque chose ! C'est pour ça que Morgane nous appelle !

Les deux enfants dévalent l'escalier, se précipitent dehors, traversent le jardin et remontent au galop la rue qui mène au bois de Belleville.

Arrivés sous les arbres, ils suivent le sentier sans ralentir. Ils s'arrêtent enfin, hors d'haleine, au pied du grand chêne.

– La cabane est revenue ! souffle Léa.

Le beau visage de la fée Morgane apparaît à la fenêtre. Ses longs cheveux argentés brillent dans la lumière du petit jour :

– Vous voilà, mes enfants ! Montez vite !

Tom et Léa escaladent l'échelle de corde et surgissent à l'intérieur de la cabane par la trappe.

La fée les attend, plus belle que jamais dans une merveilleuse robe de velours pourpre.

– On a été réveillés par une mouette ! crie Léa.

– Je sais. C'est moi qui vous l'ai envoyée.

– Seulement, ajoute Tom, on a un gros problème. Nos cartes de Maîtres Bibliothécaires…

– … se sont volatilisées, je le sais aussi ! C'est un mauvais tour de l'enchanteur Merlin.

– Celui qui vous avait transformée en souris ? se souvient Léa*.

– Exactement ! Merlin est un vieux jaloux. Il prétend que vous êtes bien trop jeunes pour avoir le titre de Maîtres Bibliothécaires. Ça l'agace que j'aie pu trouver deux assistants comme vous, habiles et courageux. Pour se venger, il vous a volé vos cartes.

– Alors… on ne pourra plus vous aider ? se désole la petite fille.

– Bien sûr que si ! Merlin a de grands pouvoirs, mais j'en ai autant que lui ! Il existe un moyen de faire réapparaître ces cartes. Pour ça, j'ai besoin de vous.

– Dites-nous ce qu'il faut faire ! demande Tom, prêt à tout.

– Vous devez prouver à Merlin que vous êtes capables de résoudre des énigmes. Quatre énigmes, exactement. Je vais vous envoyer dans des endroits que vous n'avez

* Lire *La cabane magique* n°s 5, 6 et 7.

encore jamais visités. Vous y chercherez les réponses. Si vous réussissez, Merlin vous rendra vos cartes.

Tom et Léa se regardent. Résoudre des énigmes ? Cette idée leur plaît assez. C'est un peu comme un jeu de piste !

– D'accord ! accepte Léa. On réussira, ne vous inquiétez pas !

– Soyez prudents ! Ce sera peut-être dangereux.

– Pas de problème, lui assure Tom. On a l'habitude !

La fée hoche la tête.

Elle sort des plis de sa robe un rouleau et un livre :

– La première énigme est écrite sur cet ancien parchemin. Et voici l'ouvrage qui vous aidera à trouver la réponse.

Tom prend le livre. Il s'intitule *Le guide des océans.*

– Super ! s'écrie Léa. J'adore la mer !

Elle pose le doigt sur la couverture et commence à prononcer la formule :

– Nous souhaitons…

– Minute ! l'interrompt Tom en lui attrapant le bras.

Il se tourne vers Morgane et demande :

– Comment saurons-nous si nous avons bien résolu l'énigme ?

– Oh, dit la fée en souriant d'un air mystérieux, vous le saurez !

Tom lâche Léa. De nouveau, la petite fille pointe son doigt sur la couverture et reprend :

– Nous souhaitons être transportés ici !

Aussitôt, le vent se met à souffler.

– À bientôt, Morgane ! a encore le temps de lancer Tom en fermant les yeux.

La cabane commence à tourner. Elle tourne plus vite, de plus en plus vite. Le vent hurle. La cabane tourbillonne comme une toupie folle.

Puis tout s'arrête, tout se tait. Tom ouvre les yeux. Il tient toujours le livre dans sa main. Le rouleau de parchemin est resté sur le plancher. La fée a disparu.

2

Des rochers roses

Un vent frais passe par la fenêtre. On entend au-dehors le clapotis des vagues et le cri des mouettes. La mouette de Morgane est peut-être parmi elles !

Léa ramasse le parchemin et le déroule. Les deux enfants se penchent pour lire l'énigme :

Grise et dure comme la pierre,
On peut me trouver ordinaire.
Pourtant je cache au fond de moi
La plus pure beauté qui soit.
Qui suis-je ?

– Eh bien, fait Léa, on n'a plus qu'à trouver la réponse !

Elle se penche à la fenêtre et s'écrie :

– Hé, Tom ! La cabane est posée sur un rocher !

– Pourquoi est-il rose ? demande son frère, qui s'est accoudé près d'elle.

– Je ne sais pas. Bon. On y va ?

Léa enjambe déjà le rebord de la fenêtre. Mais Tom s'assied par terre et commence à feuilleter le livre :

– Attends ! Je fais d'abord une petite recherche.

Il trouve une photo d'une île rose, du même rose que le rocher où la cabane s'est posée. Il s'exclame :

– J'ai trouvé l'explication ! On est sur un récif de corail ! Écoute !

Et il lit à haute voix :

> Un récif de corail est constitué de millions de squelettes de minuscules animaux marins.

23

**Au fil du temps, ils s'entassent
et forment des sortes de rochers.
Le corail peut être blanc, rose ou rouge.**

– Des petits squelettes ! murmure Tom.
C'est incroyable !

Il sort son carnet et note :

Corail : squelettes
de petites bêtes...

– Tom ! l'appelle Léa du dehors. Viens
voir ! J'ai trouvé quelque chose !

Tom range son carnet et le livre dans le
sac, et passe à son tour par la fenêtre.

– Tu as trouvé la clé de l'énigme ?

– Non, je ne crois pas. Mais ce n'est pas
quelque chose de... d'ordinaire !

La petite fille est debout au bord de
l'eau, près d'une très étrange machine.
Tom la rejoint en courant.

L'engin flotte sur l'eau transparente. Il ressemble à un gros œuf, moitié de verre, moitié de métal.

– On dirait une sorte de bateau, dit Léa.

Tom ressort aussitôt le livre et cherche dans les pages. Il trouve bientôt une image de la machine :

Ce petit sous-marin s'appelle un submersible. Les océanographes, des scientifiques spécialisés dans l'étude de la mer, utilisent ce type d'engin pour observer les fonds marins.

– C'est un submersible, explique-t-il.

Il continue sa lecture :

Un submersible peut aussi naviguer en surface.

– Super, dit Léa. Montons à bord !

Tom a bien envie d'aller voir à quoi ressemble l'intérieur de l'engin, mais il secoue la tête :

– Pas question ! Ce truc n'est pas à nous !

– On jette juste un coup d'œil ! Ça nous donnera peut-être un indice pour résoudre l'énigme.

– D'accord, soupire Tom. Mais soyons prudents ! Et, surtout, ne touche à rien !

– T'inquiète !

– Et enlève tes baskets ! Tu sais que maman n'aime pas qu'on rentre dans la maison avec des chaussures mouillées.

Les deux enfants se déchaussent. Ils lancent leurs baskets et leurs chaussettes au bas de la cabane et, pieds nus sur le corail piquant, ils se dirigent avec précaution vers le submersible. Léa tourne la poignée… La porte s'ouvre !

3

Comme un jeu vidéo !

La petite fille se glisse à l'intérieur de l'engin. Tom la suit et referme derrière lui.

Deux sièges font face à la paroi transparente. Devant les sièges, il y a un tableau de bord. Léa s'assied. Tom se glisse sur l'autre siège. Il a l'impression d'avoir pénétré dans une grosse bulle de savon !

Il ouvre de nouveau le livre pour en savoir un peu plus :

Un submersible possède une coque solide, capable de résister à la pression

de l'eau. **Il est dirigé par un système d'ordinateurs.**

– Oh ! s'écrie soudain Léa.

Devant elle, des voyants clignotent. Sur un écran se dessine une sorte de carte.

– Qu'est-ce que tu fabriques, Léa ?

– J'essaye juste un ou deux boutons.

– Léa ! Je t'avais dit de ne toucher à rien !

On entend un bruit de soufflerie. Le submersible s'ébranle.

– Sortons de là ! hurle Tom. Vite !

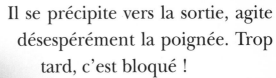

Il se précipite vers la sortie, agite désespérément la poignée. Trop tard, c'est bloqué !

L'engin s'éloigne déjà du récif. Puis, lentement, il s'enfonce dans l'eau.

– Tu n'écoutes jamais rien ! s'énerve Tom. Qu'est-ce qu'on va faire, maintenant ?

Il vient se rasseoir et examine le tableau de bord :

– Qu'est-ce que tu as fait, exactement ?

– J'ai d'abord pressé le bouton « ON », là. Et, quand l'écran s'est allumé, ce bouton-là.

Elle désigne une touche ornée d'un poisson.

– C'est sans doute le bouton qui commande la plongée, marmonne Tom.

– Ouais ! La carte s'est dessinée sur l'écran au moment où j'ai appuyé.

– C'est une carte des fonds marins. Ah ! Ce point qui se déplace, c'est sûrement le submersible. On le voit qui s'éloigne du récif.

– Génial ! s'exclame Léa. C'est comme un jeu vidéo ! Je suis super forte aux jeux vidéo, laisse-moi faire !

Elle presse un bouton marqué d'une flèche vers la droite, et l'appareil tourne à droite. Elle essaie celui marqué d'une flèche vers la gauche : l'appareil vire à gauche.

– Tu vois, c'est facile à diriger.

– Très bien, soupire Tom, soulagé. Alors, faisons demi-tour et revenons au récif !

– Oh non ! proteste Léa. Pas tout de suite ! Regarde comme c'est beau !

– Ça suffit, Léa ! On rentre, j'ai dit ! Si le propriétaire du submersible arrive, il va être furieux.

– D'accord, d'accord ! On regarde juste un peu, et on remonte.

Tom soupire, remet ses lunettes en place et jette un coup d'œil à travers la vitre.

– Oh ! lâche-t-il en découvrant un univers mouvant et coloré. On se croirait sur une autre planète !

Les rochers de corail passent du rose au jaune pâle, du rouge au bleu.

Des poissons de toutes les tailles et de toutes les teintes de l'arc-en-ciel exécutent un ballet silencieux.

– Je suis sûre qu'on va trouver la réponse à l'énigme ! murmure Léa. Ça parle de « pure beauté », tu te souviens ?

Tom approuve de la tête. Léa a raison, après tout. Autant en profiter ! Ils n'auront peut-être plus jamais l'occasion d'assister à un pareil spectacle.

4

Le royaume des poissons

Des poissons ! Des poissons ! Il y en a partout ! Ils se glissent entre les algues ondulantes, ils se reposent sur les fonds sablonneux, ils surgissent des creux du corail.

Le corail ressemble à des éventails de den-
telle, à des bois de cerf, à des feuilles de
salade, à des arbres ou à des champignons.

Tom lit dans le livre :

**Les récifs de corail se forment dans
les eaux tropicales de l'océan Indien
et de l'océan Pacifique. On y compte
près de 5 000 espèces de poissons.**

Il ouvre son carnet et note :

*Eaux tropicales,
5 000 espèces de poissons*

– Regarde ! s'écrie Léa.
Tom regarde, et il écrit :

*Étoiles de mer,
Méduses,
Hippocampes...*

– Ça, demande Léa, qu'est-ce que c'est ?

L'animal évoque une énorme crêpe à longue queue.

– C'est une raie, dit Tom.

Et il l'ajoute à sa liste.

– Et ça ?

Elle désigne le plus gros coquillage que Tom ait jamais vu. Cette fois, il doit chercher la réponse dans le livre. Il lit :

La palourde géante des récifs de corail mesure près d'un mètre et pèse jusqu'à 100 kg.

– Wouah ! s'exclame Léa.

Tom note *palourde géante* sur son carnet. Au même instant, un cri de Léa le fait sursauter :

– Des dauphins !

Tom lève la tête. Deux dauphins viennent

cogner du nez contre la vitre. Leurs petits yeux brillent, leurs grandes bouches s'ouvrent et se ferment. On dirait qu'ils sourient.

Tom se met à rire :

– Ils n'ont jamais vu des humains dans un bocal !

– Qu'ils sont gentils ! s'attendrit Léa.

C'est le frère et la sœur, Sam et Sukie !

– Tu es complètement folle, soupire Tom.

La petite fille ne l'écoute pas. Elle se penche et embrasse l'un des dauphins sur le nez à travers la vitre :

– Tiens ! Un bisou pour toi, Sam !

– C'est pas vrai ! gémit son frère.

Le dauphin tape doucement du nez contre la paroi de verre. Il a vraiment l'air content.

– Hé ! s'écrie Léa. J'ai trouvé la solution de l'énigme ! C'est « dauphin » ! Ils sont gris, ils sont ordinaires. Mais leur beauté est au fond de leur cœur !

– Tu oublies le « dur comme pierre », grogne Tom. La peau des dauphins est douce et lisse.

– Oh, dommage !

Les dauphins agitent leurs queues, ils font demi-tour et disparaissent dans les profondeurs vert et bleu.

– Sam ! Sukie ! appelle Léa. Ne partez pas !

Trop tard ! Les grandes bêtes ont disparu.

– De toute façon, il est temps de rentrer, dit Tom.

Il est toujours inquiet à l'idée que quelqu'un puisse chercher le véhicule marin.

– On n'a pas résolu l'énigme ! proteste Léa.

– Ce n'est pas ici qu'on trouvera la réponse, insiste Tom. Je ne vois rien d'« ordinaire ».

– La réponse est peut-être dans le submersible ?

– Bonne idée ! On va chercher dans l'ordinateur.

Tom examine la rangée de boutons et en repère un avec un logo représentant un livre. Il appuie dessus.

Trois mots s'inscrivent sur l'écran :

Journal de bord

5

Deux yeux

– C'est quoi, un journal de bord ? demande Léa.

– C'est le récit de ce qui s'est passé chaque jour pendant un voyage.

Tom clique sur le mot *suite* et l'écran affiche :

Lundi 5 juillet

– Hé ! s'exclame sa sœur. C'était la semaine dernière !

Un texte se déroule alors sur l'écran :

Ramassé des échantillons de roches
et de coquillages.
Établi une carte du fond.
Détecté une fissure dans la coque.

— Ils font comme toi, avec ton carnet,
remarque Léa.

— Oui, sauf qu'eux, ils le font sur ordinateur.

Les enfants continuent de lire :

Mardi 6 juillet
La fissure s'est élargie.
Devrons bientôt remonter en surface.

— Une fissure ? Où ça ? s'étonne Léa.
— Je ne sais pas.

Mercredi 7 juillet
D'autres fissures se forment.
Impossible de réparer sur place.

Devons remonter en surface
et rejoindre le récif.

– Ça ne me dit rien de bon, grommelle Tom.

Il continue :

Jeudi 8 juillet
Sub défectueux. On rentre.
Demandé hélicoptère
pour transport à l'atelier.

– Défectueux, ça veut dire cassé ? fait Léa, un peu inquiète. Et sub, c'est submersible ?

– Oui.

– Donc, le submersible est cassé.

– Oui. Et un hélicoptère doit le transporter à l'atelier pour qu'il y soit réparé.

– Alors… on ferait peut-être mieux de rentrer ?

43

– On ferait mieux.

– Ce bouton avec un dessin de vagues, ça doit nous faire remonter en surface, suppose Léa.

Elle appuie dessus. Le submersible s'incline et s'élève lentement.

– Ça marche ! se réjouit Tom.

L'engin frôle une paroi de corail, mettant en fuite une nuée de petits poissons.

Soudain, les deux enfants poussent une exclamation : une paire d'yeux les observe

de derrière un buisson d'algues géantes. Leur regard est presque humain, même s'ils sont de la taille de deux balles de golf.

Le submersible s'éloigne, les gros yeux disparaissent, et Tom soupire de soulagement.

– Qu'est-ce que… c'était ? balbutie Léa.

– J'aime autant ne pas le savoir, murmure Tom.

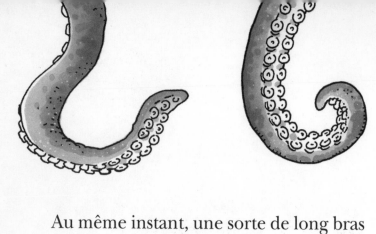

Au même instant, une sorte de long bras se déploie derrière la vitre. Puis un deuxième. Un autre encore, un autre, un autre, et un autre ! Et, soudain, Tom et Léa se retrouvent face à une pieuvre géante !

– Elle veut nous empêcher de passer ! s'affole Léa.

Lentement, l'énorme bête entoure le submersible de ses huit épais tentacules.

Sauve qui peut !

Les puissantes ventouses des tentacules se collent contre la vitre. La pieuvre enserre l'engin, qui s'immobilise.

Les yeux de la bête fixent Tom et Léa avec intensité.

– Elle ne veut pas nous faire de mal, tente de se persuader Léa. Elle est seulement curieuse.

– Je... je vais regarder dans le livre, dit Tom, tâchant de prendre un ton décontracté.

Ses mains tremblent, et il a un peu de mal à tourner les pages. Il trouve enfin une image de pieuvre. Il lit à haute voix :

La pieuvre est un animal pacifique et plutôt timide. Mais sa curiosité naturelle la pousse parfois à sortir de sa cachette.

– Je te le disais bien, s'écrie Léa, que c'était une gentille petite bête !

Et elle fait de grands signes amicaux à la pieuvre :

– Coucou ! C'est nous, Tom et Léa !

– Arrête tes bêtises ! grommelle son frère.

Il continue sa lecture :

La pieuvre possède huit tentacules extrêmement puissants garnis d'une double rangée de ventouses. Lorsque ces ventouses adhèrent

à quelque chose, il est presque
impossible de leur faire lâcher prise.

– Super ! grince-t-il. Ta copine qui
nous colle, on ne va pas pouvoir s'en
débarrasser !

Quelque chose de froid tombe alors sur
sa main. Une goutte
d'eau ! Il regarde au
plafond.

– Aïe, aïe, aïe !
fait-il.

Une mince fis-
sure zigzague
le long de la
paroi, et l'eau
suinte à plu-
sieurs endroits.

– Si la pieuvre
serre plus fort, tout va
craquer ! s'affole Tom.

Léa appuie son front contre la vitre et s'adresse à la bête :

– Va-t'en, maintenant, ma jolie ! Laisse-nous, s'il te plaît !

La créature fixe Léa de ses énormes yeux, comme si elle cherchait à comprendre. La petite fille reprend :

– Allez ! Va-t'en, s'il te plaît ! Sois une gentille petite pieuvre !

– Si tu crois que ça va lui faire de l'effet, ton baratin ! marmonne Tom.

Et il se met à hurler en agitant les bras :

– Fiche le camp ! Tire-toi de là, sale bête ! Allez, ouste ! Lâche-nous les baskets !

Brusquement, la pieuvre crache un jet de liquide noir et disparaît derrière cet épais nuage. Les tentacules se décollent, et le submersible remonte de nouveau lentement vers la surface.

– Tu lui as fait peur, espèce d'idiot ! proteste Léa.

Mais Tom secoue la tête, inquiet :

– Je ne suis pas sûr que ce soit moi…

Et il finit de lire en silence :

Pour échapper au danger, la pieuvre crache un jet d'encre noire. Son principal ennemi est le requin.

– C'est bien ce que je craignais…, mur-mure-t-il.

– Qu'est-ce qui ne va pas ?

Tom scrute les profondeurs marines à travers la vitre. L'eau s'éclaircit peu à peu. Une forme sombre s'approche lentement du submersible.

– Qu'est-ce que c'est ? demande Léa.

Ça ressemble à un poisson. Un très gros poisson, de la taille d'un dauphin. Ça a une drôle de tête en forme de…

Tom croit que son cœur va s'arrêter de battre. Il souffle :

– Un requin-marteau !

7

Attention, requin !

Le requin disparaît derrière un amas de corail.

– Il est parti ? chuchote Léa.

– Je ne sais pas, mais il faut qu'on remonte d'urgence ! Ça goutte de plus en plus par la fissure.

Tom encourage de la voix le submersible, même s'il sait que ça ne sert pas à grand-chose :

– Allez ! Allez ! Plus vite !

L'eau ruisselle maintenant le long de la paroi.

– Allez ! Vas-y ! Monte !

Enfin, le submersible crève la surface et se met à tanguer sur les vagues. La mer scintille tout autour.

– Sauvés ! s'écrie Léa.

– Euh… pas tout à fait ! tempère Tom, s'apercevant qu'il a les pieds mouillés.

La pieuvre a dû faire pas mal de dégâts dans la coque : le fond de l'engin est fendu aussi. En un rien de temps, les enfants ont de l'eau jusqu'aux chevilles. Et la côte de corail est encore à bonne distance. S'ils coulaient avant de la rejoindre… ?

– On devrait y arriver…, murmure Tom. Regarde, on voit la cabane, là-bas !

– Plus vite, plus vite ! scande Léa en pressant plusieurs fois le bouton « ON ».

Mais, d'un coup, l'écran de contrôle s'éteint.

– Qu'est-ce qu'il se passe ? crie Tom.

Léa presse tous les boutons les uns après les autres. Rien.

– C'est fichu ! soupire la petite fille. Il ne marche plus.

L'eau a encore monté. Ils en ont jusqu'aux genoux.

– On va être obligés d'y aller à la nage, constate Tom.

– Heureusement, on a pris des leçons de natation cet hiver !

– Malheureusement, il y a un requin dans le coin !

Tom feuillette rapidement le livre et trouve le paragraphe sur les requins. Il lit :

**Si vous apercevez un requin,
évitez les mouvements brusques
et nagez le plus calmement possible.**

Il referme le volume et dit :

– On va nager la brasse, c'est ce qui produit le moins d'éclaboussures.

– D'accord !

– Et tu resteras près de moi.

– Tout près ! promet Léa.

Ses yeux sont pleins de peur, mais elle garde son sang-froid.

Tom respire profondément. Il ôte calmement ses lunettes, les range calmement dans son sac ainsi que le livre. Il met calmement le sac sur son dos.

Léa ouvre l'écoutille et se glisse calmement hors du submersible.

Tom se bouche le nez et la rejoint tout aussi calmement dans les eaux froides de l'océan.

8

Restons calmes !

Tom s'applique à faire ses mouvements de brasse avec lenteur et régularité. Pour garder le rythme, il se répète dans sa tête : « cal-me-ment…, cal-me-ment… ». Léa nage à côté de lui.

Soudain, Tom aperçoit quelque chose du coin de l'œil : un aileron noir fend les eaux et se dirige droit sur eux !

Tom voudrait crawler en battant des bras et des pieds, il voudrait hurler ! Mais il se rappelle :

« Calmement ! Nagez calmement… ! »

Et il décide de ne rien dire à Léa ;
comme ça, elle ne s'affolera pas. Il se met
tout de même à nager plus vite. Léa en
fait autant. Puis elle accélère encore. Tom
accélère aussi.

Ils tirent sur leurs bras et sur leurs
jambes, ils nagent tous deux de plus en
plus vite. C'est une question de vie ou de
mort... Si leur moniteur de natation les
voyait, il n'en reviendrait pas !

Tom a si peur qu'il ne sent pas la fatigue. Il ne se retourne pas pour regarder si l'aileron noir est toujours derrière lui. Il ne veut pas le savoir. Il nage, il nage.

Il lui semble qu'il leur faudra des années pour atteindre le récif : il est bien plus loin qu'il ne le pensait !

Tom nage, mais ses bras et ses jambes sont de plus en plus lourds. Ses vêtements trempés le ralentissent.

Léa aussi commence à s'épuiser. Elle souffle :

– On s'arrête un peu ! On fait la planche !

Tous deux se retournent sur le dos, et ils se laissent flotter, comme ils l'ont appris à la piscine.

« On se repose juste une minute », pense Tom.

Mais plus il se laisse flotter, plus il se sent fatigué. Bientôt, il est si épuisé qu'il commence doucement à s'enfoncer.

Soudain, il sent quelque chose le toucher. Son cœur manque de s'arrêter. C'est lisse, et c'est… vivant ! Le requin les a-t-il rattrapés ?

Alors, devant lui, une grosse tête grise et luisante sort de l'eau. Un dauphin !

Le dauphin pousse gentiment Tom à coups de museau. Il émet de petits couinements joyeux.

– Hourra ! crie alors Léa. Ce sont nos amis, Sam et Sukie !

Tom se tourne vers sa sœur. Elle s'est accrochée à la nageoire dorsale d'un deuxième dauphin, qui l'entraîne avec lui !

Tom se dépêche d'agripper son dauphin à lui. Et les grosses bêtes tirent rapidement les enfants vers le récif de corail.

9

Enfin la solution !

Le soleil se reflète dans la mer, et les crêtes des vagues étincellent comme des diamants. Tom se sent en sécurité contre le grand corps lisse du dauphin.

Les deux gentils cétacés ralentissent en approchant du récif. Tom sent bientôt sous ses pieds le sol de corail. Il lâche la nageoire et se redresse.

Léa prend pied à côté de lui. Mais, avant de laisser partir son dauphin, elle lui entoure le cou de ses bras et lui plaque un gros baiser sur le nez :

– Merci, Sukie !

Sukie secoue la tête en poussant de petits cris. Léa ordonne à son frère :

– Fais un baiser à Sam, toi !

– Arrête tes bêtises ! grogne Tom.

Mais Sam pousse le garçon du bout du museau et lui tapote le dos à coups de nageoire. Tom ne peut pas résister. Il lui donne un baiser rapide.

Sam émet les mêmes petits cris que Sukie. On dirait vraiment qu'il rit !

Les deux dauphins se tournent l'un vers l'autre, ils se parlent un instant dans leur drôle de langue. Puis ils saluent de la tête les deux enfants et s'éloignent à grands bonds gracieux.

– Au revoir, Sam ! Au revoir, Sukie ! leur crie Léa.

– Et merci ! ajoute Tom.

Les dauphins jaillissent de l'eau tous les deux ensemble et replongent avec un grand SPLASH !

Tom et Léa éclatent de rire.

– J'aimerais savoir nager comme ça ! dit Tom.

Les enfants restent debout, leurs vêtements dégoulinant sur le rivage de corail, jusqu'à ce que les dauphins aient disparu à l'horizon.

– Ils me manquent déjà, soupire Léa.

– À moi aussi !

Tom pose son sac, enlève ses lunettes, les secoue pour faire tomber l'eau, et les remet sur son nez.

– Tu sais quoi ? dit Léa.

– Quoi ?

– J'ai vu le requin, derrière nous, pendant qu'on nageait. Mais je n'ai rien dit pour ne pas t'affoler.

Tom regarde sa sœur :

– Je l'avais vu ! J'ai juste nagé plus vite pour que tu accélères aussi !

– Après, c'est moi qui ai nagé encore plus vite pour que *tu* accélères !

Tous deux rient. Puis Tom reprend un air soucieux :

– Il faut qu'on rentre à la maison.

– Mais on n'a pas résolu l'énigme !

Tom sort son carnet du sac. Il est complètement trempé. Le livre de Morgane aussi. Le garçon secoue tristement la tête :

– Cette fois, on a tout raté ! On ne retrouvera jamais nos cartes de Maîtres Bibliothécaires. Allez, viens, rentrons !

Il laisse tomber au fond du sac le livre

et le carnet, et se dirige vers la cabane. Léa le suit. Soudain, elle crie :

– Aïe !

– Tu t'es fait mal ?

– J'ai marché sur quelque chose…

Léa s'arrête pour frictionner son pied endolori :

– C'est cette espèce de coquillage, là…

– Hein ? fait Tom. Un coquillage ?

Il se penche et ramasse une grosse coquille qui ressemble à un caillou. Et soudain, il souffle :

– « Grise et dure comme la pierre… » Léa ! On l'a trouvée ! On a trouvé la réponse ! C'est une huître !

Léa hausse les épaules :

– Tu oublies la fin de l'énigme ! Tu sais, « la plus pure beauté qui soit ». Elle est moche, cette coquille !

– Attends ! dit Tom.

Il sort de son sac le livre trempé. Il décolle

les pages avec beaucoup de précautions.
Et il trouve l'image qu'il cherchait. Il lit :

Certaines huîtres contiennent
une perle de nacre.
Elles sont très rares et très belles,
ce qui les rend très précieuses.

– Cette huître contient sûrement une perle ! s'exclame Tom.

Le coquillage est à peine entrouvert. Léa regarde à l'intérieur, mais elle ne voit rien. Elle marmonne :

– Comment une perle pourrait-elle rentrer là-dedans, de toute façon ?

Tom continue la lecture :

Parfois, un grain de sable
s'introduit à l'intérieur de l'huître.
Cela irrite sa chair. Pour se protéger,
l'huître enrobe peu à peu le grain
d'une substance nacrée.
Au bout de quelques années,
cela forme une perle.

– Tu crois que cette huître en a fabriqué une ? demande Léa.

– On pourrait la cogner très fort pour l'ouvrir, suggère Tom.

– Oh non ! Il ne faut pas lui faire de mal ! Laissons-la tranquille !

La petite fille repose doucement l'huître sur le récif.

– Comment on va savoir si « huître » est la bonne réponse, alors ?

– Morgane a dit qu'on saurait. Allez, viens !

Tom et Léa remettent leurs chaussettes et leurs baskets. Ils rentrent dans la cabane en passant par la fenêtre. Le parchemin de Morgane est resté par terre, déroulé.

– Tu vois ! s'écrie Léa.

Sur le parchemin, le texte de l'énigme s'est effacé. À la place brille en lettres d'argent le mot

HUÎTRE

– Morgane est vraiment une grande magicienne ! murmure la petite fille.

Tom pousse un soupir de soulagement :

– Ouf ! On a résolu la première énigme !

– Et voilà le livre sur notre bois ! Rentrons à la maison !

Léa ouvre le livre, pose son doigt sur l'image du bois de Belleville et déclare :

– Nous souhaitons revenir ici !

Le vent se met à souffler, la cabane à tourner, plus vite, de plus en plus vite.

Puis tout s'arrête, tout se tait.

Encore trois !

Les premiers rayons du soleil éclairent l'intérieur de la cabane magique.

Comme toujours, Tom et Léa reviennent au bois de Belleville exactement à l'heure où ils sont partis.

Tom roule le parchemin et le dépose dans un coin.

– Encore trois énigmes à résoudre, dit-il.

– Je ne vois pas d'autre parchemin, remarque Léa. Morgane nous posera peut-être la deuxième énigme demain.

– J'aimerais mieux ! Je n'ai pas envie

de repartir tout de suite. On a besoin de se reposer, et… de se sécher !

Les enfants sont complètement trempés. Ils n'ont de sec que leurs chaussures et leurs chaussettes !

– J'espère que le livre va sécher aussi, murmure Léa, en posant *Le guide des océans* dans une flaque de soleil.

Les deux enfants redescendent par l'échelle. Ils suivent le sentier du bois, encore plongé dans l'ombre des arbres. Puis ils s'engagent dans leur rue.

– On aurait pu trouver la réponse dès notre arrivée sur le récif, s'exclame Tom. L'huître était déjà là !

– C'est vrai, mais ça n'aurait pas été aussi amusant.

– Amusant ? Tu as trouvé amusant d'être attaquée par une pieuvre géante et poursuivie par un requin-marteau ?

– Tu oublies les dauphins, dit Léa.

Tom sourit :

– C'est vrai. La rencontre avec les dauphins, ça, c'était amusant.

– Je me demande s'il y avait une perle, dans l'huître, reprend Léa, songeuse.

– Et moi, je me demande à quoi jouent Sam et Sukie, maintenant.

– T'es bête ! se moque la petite fille.

Ils poussent la porte de leur maison et entrent en criant :

– C'est nous !

– Vous n'avez pas les pieds mouillés, au moins ? s'inquiète leur mère.

– Pas du tout !

Tom et Léa grimpent vite dans leurs chambres en pouffant pour enfiler des vêtements secs.

À suivre

Découvre vite la suite

des aventures de Tom et Léa dans

Les chevaux
de la ville fantôme.

La cabane magique

propulse

Tom et Léa

au Far West

★ 2 ★

Un serpent à sonnettes !

Tom va se pencher à la fenêtre. L'air est sec et chaud. La cabane s'est posée sur un arbre solitaire, au milieu d'une immense prairie.

Le soleil est déjà bas à l'horizon, derrière les collines. Un peu plus loin, on aperçoit la petite ville représentée sur la couverture du livre. Elle paraît déserte et délabrée.

À l'extérieur de la ville, des tombes sont alignées dans un carré de terre sèche.

– C'est plutôt sinistre, murmure Léa, qui l'a rejoint.

– Oui, plutôt, approuve Tom. C'est quoi, le texte de l'énigme ?

Léa déroule le parchemin. Ils lisent tous les deux :

Si vous m'appelez, ma voix vous répond.
Mais suis-je quelqu'un, ou ne suis-je rien ?

★ ★ ★ ★ ★ ★ ★ ★ ★ ★

Tom remonte ses lunettes sur son nez et relit l'énigme. Il grommelle :

– Quelqu'un qui répond ne peut pas être rien ! Je ne comprends pas…

Léa hausse les épaules :

– Forcément, c'est une énigme ! On ne peut pas comprendre tout de suite.

Autour d'eux, le silence est impressionnant. On n'entend que le bourdonnement des mouches et le souffle du vent.

– Voyons ce que dit le livre, propose Tom.

Il ouvre l'album, le feuillette. Il trouve bientôt l'image qu'il cherchait et lit :

Jusqu'en 1870, les diligences transportant les voyageurs du Nouveau Mexique au Texas s'arrêtaient à Crotale City, une petite ville bâtie près d'une rivière. Quand la rivière s'est asséchée, les habitants sont partis. Dix ans plus tard, Crotale City n'était plus qu'une ville fantôme.

★ ★ ★ ★ ★ ★ ★ ★ ★ ★

– Une ville fantôme…, répète Léa, troublée.

– Allons vite jeter un coup d'œil, dit Tom. On s'en ira avant qu'il fasse nuit.

– D'accord ! Dépêchons-nous !

Léa glisse déjà le long de l'échelle de corde. Tom range le livre et le parchemin dans son sac et suit sa sœur. Debout au pied de l'arbre, ils observent les environs.

– Qu'est-ce qui fait ce bruit ? s'inquiète Léa.

– Quel bruit ?

La petite fille étouffe un cri et désigne quelque chose d'un doigt tremblant :

– Là !

À dix pas à peine, un long serpent les regarde, la tête dressée.

– Ce… Ça doit être un serpent à sonnettes, bafouille Tom. Filons !

**Tom et Léa sortiront-ils
sains et saufs de cette ville fantôme ?
Trouveront-ils la solution de la 2ᵉ énigme ?**

Si tu as envie de nous donner
tes impressions sur la série
ou de nous parler de tes propres voyages
réels ou imaginaires,
n'hésite pas à nous écrire !

Bayard Éditions
Série Cabane Magique
18, rue Barbès
92128 Montrouge Cedex

N'oublie pas d'écrire
ton nom et ton adresse sur la lettre !